NEVF POÉSIES

DE

GIOSVE CARDVCCI

TRADVITES EN PROSE FRANÇAISE

PAR

ERMINIO BONINO

A PALERME

Chez la Librairie Internationale ALBERT REBER

SOCIÉTÉ EN COMMANDITE

—

MCMXI.

Établissement Typographique Virzi — Palerme, 1911.

TABLE.

   I Prélvde . . . . Pag. VII
  II A la Victoire . . . . »   XI
 III Près de la Chartrevse de Bologna . . »   XV
  IV A Givseppe Garibaldi . . . . »   XXI
   V *Mors* . . . . » XXVII
  VI Le Boevf . . . . »   XXXI
 VII Virgile . . . . »   XXXV
VIII Vieilles larmes . . . . » XXXIX
  IX Mai flevri . . . . »   XLIII
      Remarqve dv Tradvctevr . . . . . »   XLVII

I

PRÉLVDE

Je hais la poésie banale : elle abandonne trop facilement au vulgaire ses flancs amollis, sans qu'un frisson tressaille en elle aux caresses coutumières; puis elle s'endort.

* A moi la strophe alerte, bondissant avec la percussion rythmique des pieds dans les chœurs : je saisis son aile au vol, elle se retourne, s'efforce de résister.

Telle, sous les étreintes d'un faune amoreux, une nymphe se tord sur le neigeux Édon : comprimés, les charmes de sa poitrine florissante surgissent plus beaux encore.

---

* « A me la strofe vigile, balzante
co 'l plauso e 'l piede ritmico ne' cori : »

N'ayant pas bien compris le sens de ces vers, je me suis adressé à Monsieur Pascoli qui a eu l'obligeance de me donner l'explication suivante :

« ... che balza con la battuta ritmica
dei piedi nei cori ».

Les baisers et les cris se confondent sur sa bouche ardente, son front marmoréen rit au soleil; comme une longue vague, ses cheveux épars frémissent au vent.

II

A LA VICTOIRE

As tu, vierge divine, déployé tes ailes protectrices sur les casques des peltastes le genou ployé contre le bouclier, prêts au combat, la lance menaçante ?

as tu précédé, dans ton vol, l'aigle romaine ? as tu entraîné le flot des soldats marses, refoulant de ta splendeur fulgurante les coursiers hennissants des Parthes ?

Hautaine, les ailes ployées, tu écrases maintenant du genou l'armure du vaincu, en écrivant sur le bouclier le nom d'un capitaine victorieux. Quel est ce nom ?

Est-ce le nom d'un archonte, qui écrasa les despotes sous le triomphe des lois saintes de la liberté ? Est-ce le nom d'un consul, qui agrandit le nom et les frontières et la puissance terrifiante de l'empire ?

Je voudrais te contempler sur les Alpes, resplendissant à travers les tempêtes, clamant aux siècles : « O peuples, ici l'Italie, enfin, a revendiqué et sa vie et ses droits ».

Mais Lydie tresse, pour toi, une pieuse couronne où s'enguirlandent les fleurs qu'elle a choisies parmi les floraisons automnales des ruines romaines; et, la déposant religeusement à tes pieds,

elle dit : « Quelles furent, ô vierge chérie, tes pensées, pendant que tu gisais, ensevelie là, sous la terre humide ? N'as tu pas entendu le galop des chevaux d'Allemagne, au dessus de ta tête hellénique ».

« Je les entendis—répond la déesse fulgurante—car je suis la gloire de la Grèce, je suis la force du Latium, je suis l'airain qui défie les siècles.

J'ai vu les âges s'envoler pareils aux douze vautours funestes aperçus par Romulus; je surgis pour proclamer : O Italie, tes ancêtres, tes divinités sont avec toi.

Heureuse du destin, Brescia meme recueillit, Brescia la puissante, Brescia trempée comme le fer, Brescia la lionne d'Italie qui s'est abreuvée du sang ennemi ».

III

PRÈS DE LA CHARTREVSE
DE BOLOGNA

Oh ! combien cher est le soleil, à ceux qui sortent des demeures blanches et silencieuses des morts ; il leur arrive comme le baiser d'un dieu :

baiser de lumière qui inonde la terre , pendant que les cigales chantent l'hymne sublime et grandiose de messidor.

La plaine ressemble à une mer belle de murmures et d'ondulations. Villages , cités , chateaux émergent comme des îles.

Les routes longues s'élancent, entre les peupliers, à travers la verdure poussiéreuse : les ponts èlancés traversent le fleuve avec leur perspective fuyante d'arches.

Tout est flamboiement et azur. De l'Alpe de Vérone, là bas, deux blanches nuées solitaires semblent regarder.

Délia, vers vous le zéphyr souffle de cette colline sacrée, que le temple de la Guardia semble

couronner et dont les pentes descendent des Apen-
nins à la plaine.

Il fait flotter votre voile blanc, il soulève vos
boucles noirs qui frisent en se déroulant sur votre
front superbe.

Mais vous, d'un geste gracieux, vous savez
dompter ces boucles indisciplinés, et vous baissez
les yeux, ces yeux où l'Amour promet, mais en vain,
tant de voluptés.

Écoutez (car du fond de votre coeur l'âme des
Muses vous parle) écoutez ce que, des entrailles du
sol, disent les morts.

Ils dorment là, au pied de cette colline, les
aïeux Ombriens qui, les premiers, à coups de haches,
troublèrent ton silence religieux ô Apennin.

Ils dorment là, les Étrusques qui, armés de leur
lance, et tenant le bâton augural, descendirent vers
le mystère des pentes verdoyantes, les yeux levés
vers le ciel.

Ils dorment là, les grands Celtes roux, accourus
pour laver dans l'onde fraîche, qu'ils saluaient du
nom de Rhin, leurs mains que le carnage avait
ensanglatées.

Ils dorment là, les ancêtres de la grande race Romaine , et les Lombards à la longue chevelure, qui, les derniers, campèrent sur les cimes reboisées.

Ils dorment là avec nos morts récents. Le soleil de midi flamboie sur les collines. Écoutez, ô Delia écoutez ce que disent les morts.

Ils disent, ces morts : Heureux ô vous qui passez sur ces collines, auréolés par l'or des chauds rayons du soleil.

Pour vous l'onde fraîche, dévalant des pentes florissantes , répand son murmure , pour vous les oiseaux chantent dans la feuillée , pour vous les feuilles chantent dans le vent.

A vous sans cesse sourient les fleurs , jeunes floraisons de la terre, à vous sourient les étoiles, ces fleurs éternelles du ciel.

Ils disent , ces morts : Cueillez les fleurs, car elles mourront, elles aussi ; adorez les étoiles, qui jamais ne mourront.

Les couronnes pourrissent autour de nos crânes boueux; cependant, couronnez de roses vos chevelures blondes ou brunes.

Ici nous avons froid , ici nous sommes seuls. Oh ! aimez vous dans la splendeur du soleil. Laissez, sur la brièveté de la vie, resplendir l'éternité d'Amour.

IV

A GIVSEPPE GARIBALDI

III NOVEMBRE MDCCCLXXX

Seul et silencieux, le dictateur, drapé dans son manteau, chevauche en tête de sa troupe sombre : à l'entour la terre et le ciel sont couleur de plomb, froids, livides.

On entendait le piétinement de son cheval pataugeant dans la boue; on entendait aussi, dans le calme nocturne, la cadence des pas et les soupirs des poitrines héroïques.

Mais, des mottes de terre encore livides de carnage, des buissons que la rosée de sang avait éclaboussés, de partout où, mères italiennes, se trouvait un lambeau lamentable de vos coeurs,

des flammes jaillissaient, pareilles à des étoiles; surgissaient des voix qui chantaient des hymnes: dans le lointain, Rome olympienne resplendissait, un péan se répandait dans les airs.

La honte des siècles surgit à Mentana du sinistre embrassement de Pierre et de César : mais

à Mentana, tu as, ô Garibaldi, posé ton pied sur
Pierre et César.

O splendide rebelle d'Aspromonte , ô superbe
vengeur de Mentana, viens et, sur le Capitole, ra-
conte à Camille et Palerme et Rome.

Ainsi une mystérieuse voix d'esprits courait,
solennelle, à travers le ciel d'Italie, en ce jour où les
lâches hurlèrent comme des roquets redoutant la
verge.

Aujourd'hui l'Italie t'adore. La Rome nouvelle
t'invoque, nôveau Romulus: c'est ton apothéose, ô
divin! Que le silence de la mort s'éloigne de ta tête.

Au dessus de l'abîme commun où sombrent
les âmes, tu resplendis, les siècles t'appellent sur
les cimes, au pur concile des Dieux indigètes veil-
lant sur la patrie.

Voyant ton apothéose, Dante dit à Virgile :
« Jamais nous n'avons imaginé une plus noble figure
de héros. » Tite Live sourit et dit: « Il appartient
à l'histoire, ô poètes.

Elle est une des pages de l'histoire de l'Italie,
cette épopée de l'audace Ligurien si tenace, qui
s'appuie sur la justice, vise aux cieux et s' irradie
dans l'idéal ».

Gloire à toi, père. Dans les formidables tremblements de l'Etna, dans les tourbillons des Alpes ton coeur de lion palpite, révolté contre les barbares et contre les tyrans.

La tendresse de ton coeur resplendit dans le sourire céruléen de la mer, du ciel, des mais florissants, et se répand sur les tombes et sur les marbres qui gardent le souvenir des héros.

V

MORS

(PENDANT L'ÉPIDÉMIE DIPHTÉRIQVE)

Lorsque, dans nos demeures, l'inexorable déesse se précipite, on entend de loin le bourdonnement de son vol ;

l'ombre de ses ailes s'approche glaciale et répand tout à l'entour un silence lugubre.

Devant celle qui vient, les hommes courbent la tête, mais les coeurs féminins se brisent en sanglots.

De même lorsque juillet amasse la tempête, pas un frisson ne court sur les cimes puissantes des hautes forêts ;

les arbres restent immobiles, comme épouvantés, on n'entend que le gémissement rauque du ruisseau.

Elle entre, elle, et passe et touche ; et, sans même se retourner, elle jette à terre les arbustes fiers de leurs jeunes rameaux ;

elle moissonne les blonds épis ; elle arrache même les grappes vertes, elle cueille — comme des fleurs —

les pieuses épouses, et les vierges séduisantes, et les petits enfants ;

les petits enfants, qui, roses sous l'aile noire, tendent en souriant leurs bras vers le soleil et vers les jeux.

Oh ! tristes maisons où, sous les yeux des pères, déesse livide et muette, tu éteins les vies nouvelles.

Là, les chambres ne retentissent plus de rires, de fêtes, de babils, comme des nids d'oiseaux en mai,

là, on n'entend plus le bruit des joyeuses et croissantes années, les peines de l'amour, les danses de l'hymen :

là, vieillissent dans l'ombre les survivants, l'oreille tendue au bourdonnement d'ailes annonçant ton retour, ô déesse.

VI

LE BOEVF

Je t'aime, ô boeuf consacré; et tu fais pénétrer
dans mon coeur un doux sentiment d'énergie et de
paix; soit que, majestueux comme un monument,
tu regardes les champs libres et féconds,

soit que, sous le joug t'inclinant joyeusement, tu
secondes avec gravité l'oeuvre agile de l'homme: il
t'encourage et t'aiguillonne, et toi, roulant lentement
tes yeux patients, tu parais ainsi lui répondre.

De tes larges narines humides et noires s'ex-
hale ton souffle, et, comme un hymne joyeux, ton
mugissemement se perd dans l'air sêrein;

alors dans la sévère douceur de tes yeux graves et
glauques se reflète, ample et calme, la plaine verdo-
yante et son divin silence.

VII

VIRGILE

Quand, sur les campagnes brûlées par le soleil, la lune pieusement répand du haut des cieux la gelée blanche des étés ; lorsque le ruisseau murmure et, dans le lit étroit de ses rives, brille aux rayons argentés de l'astre ;

pendant que le rossignol, blotti dans les frondaisons, remplit de sa mélodie la sérénité large de la nuit ; le voyageur attentif écoute, songe aux blonds cheveux qu'il a aimés, oublie le temps ;

et la mère en deuil, la mère qui vainement se lamentait penchée sur un tombeau, lève ses yeux vers le rayonnement du ciel et, dans cette douceur des rayons irisés, retrouve la quiétude de l'âme.

Cependant, les monts et la mer lointaine semblent sourire, et, parmi les grands arbres, la brise fraîche soupire. — Tels sont pour moi tes chants, ô divin poète.

VIII

VIEILLES LARMES

Cet arbre vers lequel tu tendais tes mains en-
fantines, le grenadier verdoyant aux belles fleurs
vermeilles,

a tout entier reverdi naguère dans le jardin soli-
taire et silencieux, et Juin le vivifie de sa lumierè
et de sa chaleur.

Toi, fleur de mon être foudroyé et devenu in-
fertile, toi, de ma vie inutile fleur unique et suprême,

tu gis dans la terre froide, tu gis dans la terre
sombre; nul soleil ne peut te réjouir, nul amour
ne peut te réveiller.

IX

MAI FLEVRI

Mai réveille les nids, mai réveille les coeurs, mai nous apporte les orties et les fleurs, les serpents et le rossignol.

Bruyamment s'ébattent les petits enfants sur la terre, et dans les cieux les oiseaux, les femmes ont, dans les cheveux, des roses et, dans les yeux, le soleil.

Sur les coteaux et sur les monts et dans les prés un immense tapis de fleurs s'élargit; tout chante, tout germe, tout aime, l'eau, la terre, le ciel.

Mais, dans mon coeur a germé un beau bosquet d'épines; j'ai, dans la poitrine, trois vipères et, dans le coeur, un hibou.

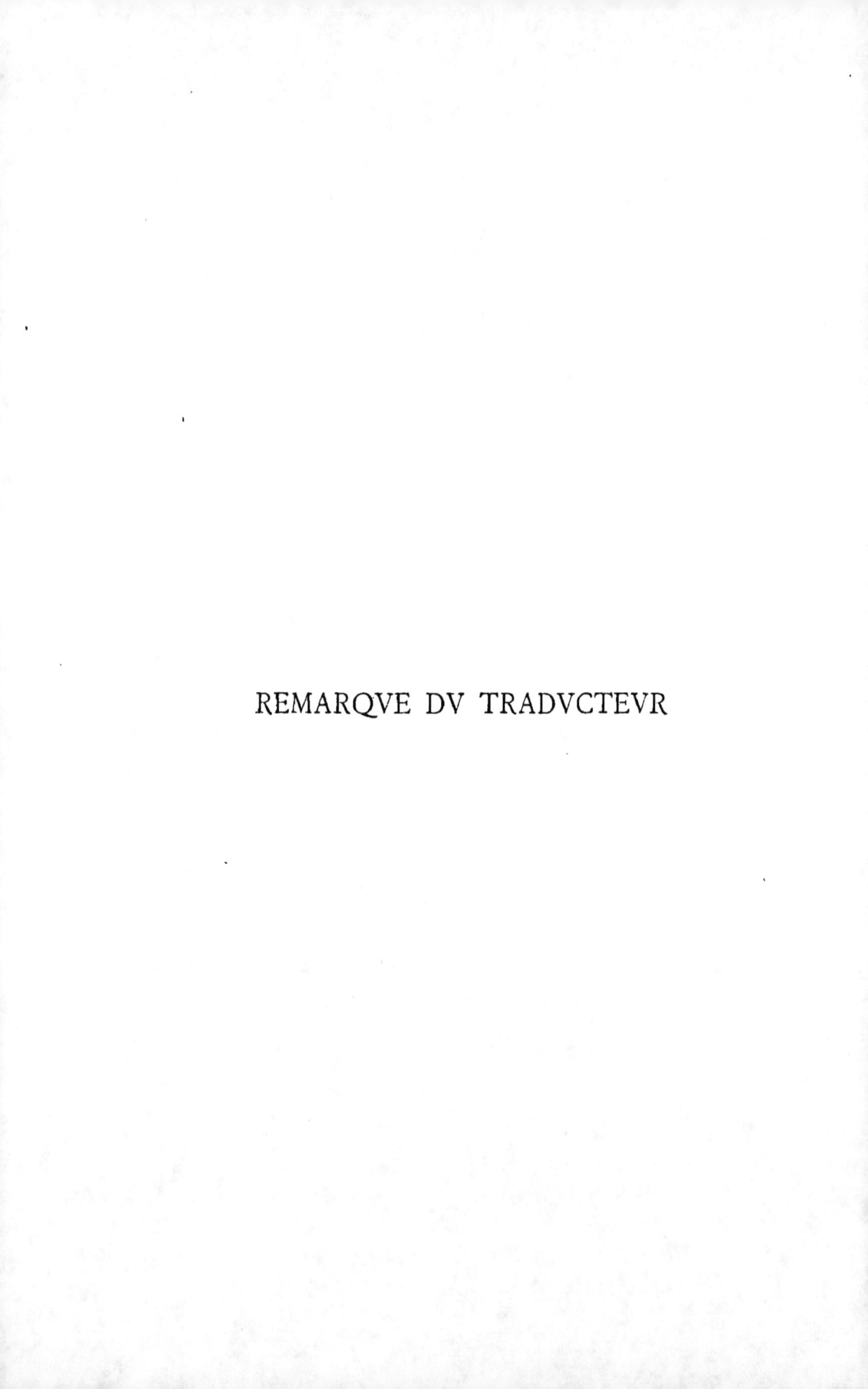
REMARQVE DV TRADVCTEVR

La Langue Française, en général plus analytique que l'Italienne, a très souvent besoin d'expliquer la forme concise et vigoureuse de notre Poète. Voilà la principale difficulté que j'ai rencontrée en traduisant.

Carducci approprie volontiers au style moderne des mots, des tournures latines, rajeunit parfois certaines expressions vieillies; partant ses écrits présentent au traducteur beaucoup de difficultés spéciales.

Si mes humbles traductions aident le lecteur français à bien comprendre Carducci, j'aurai atteint mon but.

Je remercie Monsieur l'Éditeur Zanichelli, qui a bien voulu m'accorder la gracieuse permission d'imprimer mon petit essai.